BELLES

TAPISSERIES GOTHIQUES

OBJETS D'ART ET DE CURIOSITÉ

BOIS SCULPTÉS — MEUBLES

DES XVᵉ ET XVIᵉ SIÈCLES

Mᵉ E. BERTHELIN
COMMISSAIRE-PRISEUR
Sʳ DE Mᵉ CHARLES OUDART
29, rue Le Peletier

M. BLOCHE
EXPERT
19, boulevard Montmartre

CONDITIONS DE LA VENTE

Elle sera faite au comptant.

Les adjudicataires payeront *cinq centimes par franc* en sus des enchères, applicables aux frais.

L'Exposition mettant les adjudicataires à même de se rendre compte de l'état et de la nature des objets, il ne sera admis aucune réclamation, une fois l'adjudication prononcée.

CATALOGUE

DE

BELLES

TAPISSERIES GOTHIQUES

ET AUTRES

OBJETS D'ART ET DE CURIOSITÉ

CUIVRES — BRONZES — ÉMAUX — FAÏENCES DE RHODES

BOIS SCULPTÉS

MEUBLES, BRODERIES DES XVe ET XVIe SIÈCLES

Dont la vente aura lieu

HOTEL DROUOT. SALLE N° 1

Le Jeudi 19 Février 1880

Me E. BERTHELIN

COMMISSAIRE-PRISEUR

S^r DE Me CHARLES OUDART

29, rue Le Peletier

M. BLOCHE

EXPERT

19, boulevard Montmar re

EXPOSITION PUBLIQUE

LE MERCREDI 18 FÉVRIER 1880, DE 1 HEURE 1/2 A 5 HEURES 1/2

DÉSIGNATION

TAPISSERIES, ÉTOFFES

1-3. — Série de trois belles Tapisseries gothiques représentant des scènes allégoriques au mariage de Maximilien, avec inscriptions et aux armes des principaux personnages.

> La première représente : **La Délivrance de la princesse Auréole.**
>
> La seconde : **Le Tournoi.**
>
> La troisième : **La Présentation.**

4. — Grande Tapisserie gothique à personnages.

5. — Tapisserie gothique représentant la Chasse au faucon avec inscription relative au duché de Bourgogne.

6. — Belle Tapisserie de la Renaissance au petit point, sujet mythologique, avec riche bordure.

7. — Joli petit Panneau en tapisserie tissée de soie, représentant la mort de Cléopâtre, signée : FILIPPO COTTOMAI. R.

8. — Panneau en tapisserie gothique : le Fauconnier.

9. — Deux Pentes en tapisserie du xvie siècle, à personnages.

10. — Tapisserie Renaissance : le Char d'Alexandre.

11. — Grande Tapisserie gothique : le Pressoir.

12. — Tapisserie Renaissance, à personnages.

13. — Joli Bandeau Renaissance en tapisserie au petit point, à animaux et fleurs, avec médaillons en broderie.

14. — Deux Bandeaux en peluche, avec applications de tapisserie.

15. — Deux Lambrequins en drap avec broderies, époque Henri IV.

16. — Deux Bandeaux Louis XIII en tapisserie au petit point.

17. — Deux Pentes Louis XIII en tapisserie au petit point.

18. — Chasuble ornée de broderies, XVIᵉ siècle.

19-20. — Deux Chasubles en soierie du XVIIᵉ siècle.

21-25. — Lot de Soieries et de Velours anciens.
Sera divisé.

26. — 63 mètres de Frange rouge.

27. — 6 mètres de Frange rouge et or.

28-29. — Deux beaux Panneaux à trois médaillons en broderie d'or et de soie gothique, représentant des saints sous des arceaux.

30. — Bannière ou Écusson en broderie d'or et de soie gothique, représentant un saint assisté des anges.

31. — Panneau à trois médaillons en broderie d'or et de soie
gothique représentant des épisodes de la Naissance
du Christ.

32. — Bande en broderie de soie et d'or, représentant la
Naissance du Christ et des anges, travail gothique.

33. — Coupe de 42 mètres de Brocatelle rouge.

34. — Lot d'Étoffes, Soieries brochées et autres.
Sera divisé.

BOIS SCULPTÉS, MEUBLES

35. — Belle Stalle gothique en chêne sculpté, représentant
en bas-relief sur le dossier, saint Jean-Baptiste
sous des arceaux. Le fronton est surmonté d'ornements à jour et de deux lions héraldiques.

36. — Belle Stalle Renaissance en bois sculpté, représentant
au dossier en bas-relief une figure d'ange, des
cornes d'abondance, des ornements et fleurs. Le
fronton est à ornements et animaux symboliques
le bas présente des médaillons à figures.

37. — Table à éventails, époque Renaissance. en bois
sculpté.

38. — Table à quatre colonnes, époque Renaissance, avec
godrons à la ceinture.

39. — Fauteuil Renaissance couvert en tapisserie.

40. — Fauteuil Renaissance couvert en étoffe du temps.

41. — Meuble à deux corps en bois sculpté, style Henri II.

42. — Meuble en bois sculpté, orné de mascarons et de cariatides, époque Louis XIII.

43-44. — Deux Chaises à grands dossiers couvertes en tapisserie à petits personnages du xvi⁰ siècle.

45. — Chaise couverte en tapisserie, époque Louis XIII.

46. — Grande Chaise couverte en étoffe, époque Henri II.

47-50. — Quatre Torchères gothiques en bois sculpté d'aspect monumental.

51. — Beau Cadre gothique en bois sculpté offrant des figures de saints et de saintes, et des clochetons,

52. — Très beau Panneau en bois sculpté à figures et ornements, époque François I⁰ʳ.

53. — Deux petits Panneaux avec figures en haut-relief, époque du xvi⁰ siècle.

54. — Beau Panneau, dossier de stalle à armoiries sous des ogives, époque Louis XII.

55-56. — Quatre Panneaux en chêne sculpté à figures de guerriers, époque François I⁰ʳ.

57. — Fauteuil en bois sculpté, couvert en tapisserie, époque Louis XIV.

58. — Deux Panneaux en chêne, représentant en bas-relief des figures, des têtes d'ange et des feuillages, style Renaissance.

59. — Panneau en noyer, représentant en bas-relief des
enfants, style Renaissance.

60. — Petit Cadre Renaissance en noyer sculpté.

61-62. — Quatre Panneaux en chêne à têtes et ornements,
époque François Ier.

63. — Deux autres Panneaux en chêne à figures et ornements, époque François Ier.

64. — Lit gothique en noyer sculpté.

65. — Coffre gothique en noyer sculpté.

66. — Porte Renaissance en bois sculpté.

67. — Lot de Panneaux sculptés de diverses époques.
Sera divisé.

OBJETS DE CURIOSITÉ

68. — Beau Bas-relief en albâtre représentant le Calvaire,
composition de nombreuses figures, cadre en bois
noir XVIe siècle.

69. — Plat rond en cuivre émaillé, à figures tenant des écus-
sons au pourtour et figure de Christ au centre, se
détachant en gravure sur fond bleu, attribué à
l'époque dite Byzantine.

70. — Joli Coffret rectangulaire en argent, rehaussé d'émaux
verts et rouges, XVIe siècle.

71. — Petite Buire en faïence de Forli, décor fond bleu avec
     médaillon à figure de femme en jaune et brun,
     pied à reflets mordorés, xvie siècle.

72. — Plat ovale en cuivre fondu creux, offrant au centre
     les chiffres de rois de France, et autour, des figures
     d'Amours et des bustes de personnages, Diane de
     Poitiers et autres.

73. — Encrier ou coupe en bronze, offrant en bas-relief des
     mascarons et supporté par trois figures d'enfants,
     xxie siècle.

74. — Plat gothique en cuivre, représentant au centre Adam
     et Ève.

75. — Christ en ivoire, avec vestiges de peintures, xvie
     siècle.

76. — Plat en fer damasquiné d'or, reproduction d'une as-
     siette à armoiries de Rouen, époque Louis XIV.

77. — Étui en ivoire gravé, à personnages et ornements, au
     chiffre de Diane de Poitiers, xvie siècle.

78. — Petit Flambeau en bronze gothique.

79. — Coupe en émail, offrant à l'intérieur un personnage
     entouré de feuillages et d'oiseaux; à l'extérieur, une
     bordure à ornements et mascarons sur fond noir,
     xvie siècle.

80. — Petite Épée en fer damasquiné d'or et d'argent, ornée
     de médaillons en relief, xvie siècle.

81. — Petit Poignard, manche en cuivre ciselé.

82. — Petit fragment de Bois, travail à jour gothique.

83. — Livre, avec curieuse reliure en cuir du xv° siècle.

84. — Éperons et Pommeau en fer du xvi° siècle et une Boucle en cuivre Louis XV.

85. — Plat en faïence de Rhodes, décoré de palmes et de fleurs à rehauts d'or, xvi° siècle

86. — Plat rond en faïence de Rhodes, décor à fleurs, xvi° siècle.

87. — Plat en faïence de Rhodes, décoré de palmes, xvi° siècle.

88. — Autre Plat en faïence de Rhodes, décor à fleurs, xvi° siècle.

89. — Grande et belle Lampe de mosquée en cuivre repercé, travail oriental du xvii° siècle.

90. — Plat rond en faïence de Rhodes, décor à fleurs et feuillages, xvi° siècle.

91. — Plat rond en faïence de Rhodes, décor analogue.

92. — Plaque en émail de Limoges, représentant l'Apparition du Christ.

93. — Petit Médaillon en forme de croix en émail, style Renaissance.

94. — Médaillon pour cadran de pendule, style Renaissance.

95. — Anneau de cordon de sonnette, époque Louis XIII.

96. — Clef en fer ciselé, style Renaissance.

97. — Grand Vitrail de la Renaissance.

98. — Deux Vitraux forme médaillons.

99. — Deux Vitraux à armoiries.

100. — Lot de Vitraux anciens.

101. — Lustre en cuivre poli, forme lampe juive, xvie siècle.

102. — Petit Lustre, forme lampe juive en cuivre poli, xvie siècle.

103. — Objets omis.

PARIS. — Impr. J. CLAYE. — A. QUANTIN et Cie rue Saint-Benoît. — [202]

www.ingramcontent.com/pod-product-compliance
Lightning Source LLC
LaVergne TN
LVHW021622170726
843501LV00010B/4108